저 꽃이 불편하다

저 꽃이 불편하다

박영근 시집

창비시선
2 2 1

차 례

제1부

길

장지문 앞 댓돌 위에서 먹고무신 한 켤레가 누군가를
기다리고 있다

동지도 지났는데 시커먼 그을음뿐
흙부뚜막엔 불 땐 흔적 한점 없고,
이제 가마솥에서는 물이 끓지 않는다

뒷산을 지키던 누렁개도 나뭇짐을 타고 피어나던 나
팔꽃도 없다

산그림자는 자꾸만 내려와 어두운 곳으로 잔설을 치
우고
나는 그 장지문을 열기가 두렵다

거기 먼저 와
나를 보고 울음을 터트릴 것 같은,
저 눈 벌판도 덮지 못한
내가 끌고 온 길들

강화에 와서

강화에 와서 눈 덮인 벌판을 바라본다
간이역도 없는 마을에
웬일로 텅 빈 기차는 어둑하게 벌판을 달려가고

그때마다 길은 다시 끊기고,
나는 지나간 밤 여인숙 방에서 치던
낯선 여자와의 그 서툴던 화투판을 생각한다

나에게 집이 있었던가,
돌아보면 희미한 풍경으로 남아 있는 먼 데 마을
몇 채의 집들

눈벌판이 끝나는 곳에서는 또 갯벌이,
염하(鹽河)마저 얼고 있을 것이다

고개를 숙인다

이제 고개를 숙인다 온통 쇼핑몰이 되어 흘러가는 길
인파와 소란 속
무스탕을 걸치고 웃고 있는 네거리 現代백화점
마네킹 앞에서

맨주먹의 이력서를 쓰는 마음으로
그러나 몇번이고 고쳐써도 지워낼 것은
나밖에 없다는 듯이
그것을 똑똑히 확인하는 자세로

이제 정직한 것은 거리에 저렇게
넘쳐나는 불빛과 소란과 광기
그 속에 비치는
살을 섞지 않는 나의, 詩의 속임수

그랜저가 전광판 속을 질주하는 밤하늘 아래
나는 고개를 숙인다

늙은 산

잎도 꽃도 남김없이 지워버린 뒤
눈도 그쳐 허름한
늙은 산

나무들 이름도 꽃모양도 잊어버린 산

그 산길 외진 바위 곁 잔설 위에서
얼어가는 깃털 하나를 보았다

아, 새였던가

겨울비

1

그 겨울엔 유난히 눈이 없었고, 정신병동에서 나는
흰 벽만 바라보고 살았어요

흰 벽 위에서 새까맣게 고물거리던 무슨 글씨 같은
것들이 생각나요 지겹도록 약을 먹어댔고, 그리고 허기
와 잠…… 머리통을 짓밟고 지나가던 개새끼 같은 쌍소
리들

음악이 없었으면 어쩌면 난 죽어버렸을지도 몰라요
단순하게 살게 해달라고 매일매일 나에게 애걸했어요

해동을 하는 나무처럼 목도 팔도 다리도 잘라버리고
싶었으니까요

그리고 내 마음이 붙잡고 있던 오래된 흑백사진 한 장
다섯살 무렵 어머니 치마꼬리를 붙들고 삐죽하고 웃
고 있는, 그 애의 작은 손과 사진에서는 보이지 않는 막
생겨날 듯한 볼우물, 아직은 살아갈 날들이 비어 있는

그때 당신이 어디에 있었는지 모르겠어요 기억이, 기억이 나질 않아요

2

어디서 본 그림이었을까, 盲目鳥라는 그림, 조롱 속에서 어둑하게 허공을 보고 있는 눈먼 새, 몸은 자꾸만 말라가고, 제 울음소리도 잊은 채로 머지않아 죽어갈……돌아갈 집도, 밥상머리에 함께 둘러앉을 식구들도 나에겐 없었는데, 문득, 문득 돌아갈 자리를 찾곤 했던가봐요

그래요, 뜨거운 물방울들이 내 몸 속으로 아주 힘겹게 떨어지는, 그런 때가 자주 찾아오곤 했어요

당신과 내가 십오년 넘게 끌고 다닌 그 단칸방들이었어요. 시궁쥐들이 와서 조합신문을 쏠고, 쪽방 불빛을 가리고 학습을 하고, 짠지와 막걸리 잔으로 서로 건네주던 먼 지역의 소식들, 그리고 늦은 잔업에서 돌아오

면 마당에서 눈을 맞고 있던 빨래들…… 그런데 그 단
칸방에, 십여 년이 흘렀는데 내가 다시 그 방에, 아파트
를 돌며 아이들을 가르치는 내가 걸레쪽 같은 몸을 끌
고 돌아와 흰 벽을 바라보고 있는 거야 분명 그 방들을
떠난 지 오랜데, 그 텅 빈 방에 주저앉아 한움큼씩 안정
제를 먹고, 나가게 해달라고 쌍소리질을 하고 있는 거
야 정말이지 그 방을 빠져나오지 못할 것 같았어 세상
에, 나이 마흔을 넘긴 여자가

생각나요? 살아갈 날이 너무 힘들어서 내가 뱃속의
아이를 지우려 했을 때 당신이 울면서 했던 말, 아이를
낳아서 기르자는 말…… 그 애는 지금 어디 있나요

3

누군가는 시간강사 노릇을 마치고 전임이 되었고 누
군가는
출판사에 들어가 주간이 되었고 또 누군가는 대기업에

들어가 딸라장사를 하였고

누군가는 이혼을 했고

누군가는

폐인이 되어 떠돌기도 하였고, 밤 12시나 1시, 고등부 학원 수업이 끝나면 집에 들어와 당신은 늘 소주를 마셨어요 18평짜리 임대아파트였지요 아, 정말이지 지긋 지긋해 내가 왜 다시 그때 일을 떠올려야 할까 그 지루 한 헛소리, 다시 현장에 들어가 살아야겠다 이건 온통 사기다 북한에 한번 갔다와야겠다 세상 보는 눈이 넓어 질 텐데 아니야 자본주의를 더 깊게 보고 파들어가야 해 아직 껍데기만 보고 있어, 그렇게 쓰러져 잠든 모습 은 수의도 없는 시체 같았어요 깨어 일어나 대낮부터 멍하니 앉아 TV 채널을 돌리던 그 무표정한 얼굴 그런 중에도 살을 섞기도 했으니, 그때 내 모습은 어땠을까

등에 얼음이 박힌다는 말 알아요?

어디에도 나는 없었어요

4

　나 때로 한밤중 고속도로 갓길 같은 곳에 차를 세워
놓고, 술을 마시고 홀로 잠들기도 하였다

　돌이킬 수 없이 달려온, 또 살기 위해 달려갈

　길 위에서, 길을 잃으며

　저를 찾고 있는
망가진 사내 하나를 보았다

　온몸 환하게 얼어가는 겨울비 속에서

나에게 묻는다

바위가 바위에게 묻는다

강물이 강물에게 묻는다

바람이 바람에게 묻는다

고산면 성재리, 한점 노을도 없이 산은 어두워오고

더 무겁게 뿌리를 내리는 돌들

간밤 내내 나를 흔들던 빗소리를 찾아

내가 홀로 나에게 묻는다

해창*에서

거기에 늘 어스름 찬바람이 일던 어업조합 창고가 있
었다

거기에
칠산바다 참조기 궤짝이 밤새워 전깃불 아래 쌓이던
부둣머리 선창이 있었다

거기에 갯물에 쩔어버린 삭신이 조생이 한 자루로 뻘
밭을 밀고 가던
홀몸 조개미 아짐
읍내 닷새장 막차를 기다리던 늙은 감나무가 있었고

홍어철이 들수록 밤이면 혼자서 가락이 높던 갈매기
집이 있었다
지금은 폐항도 아닌

신작로만 간신히 살아 나를 불러세우는 마을
바닷소리 속으로 비

이백 년 나이를 꺾어버린 팽나무
영당(靈堂) 자리에 비

수십 킬로 뻗을 질러간다는 저 방조제의 끝이 어딘지
를 나는 묻지 않는다
타는 듯 붉은 노을이 내려
바다도 집들도 바닷바람을 재우던 애기봉도
온통 환하게 몸 속을 열어 보이던 그때를 찾아 걸어
들어갈 뿐이다

빗속으로 물보라 엉키는 바닷가 철책을 지나
갯벌을 건너

　　* 전라북도 부안군에 있는 바닷가 마을로 새만금간척사업의 방
　　　조제 공사가 시작된 곳이다.

비수구미에서

이 무거운 몸 헐어버리자 했지
허름한 바람 하나쯤 데리고 살자 했지
화천 비수구미에 와서 듣는다

물소리
밤을 새워 계곡을 치며 쏟아지는 물소리

바위도 나무도 물길도 보이지 않는 곳에
바람소리도 풀벌레 울음도 들리지 않는 곳에
칼을 든 시간이 흘러가는 소리

그리고 신새벽 기진한 물소리가
해산 발부리로부터 천공 아득히 퍼올리는
물안개
물안개

희미하게 누군가 걸어오는 모습이 보인다

봄

하나, 둘 흩날리는 눈송이였다

뒷골목에 몰려 쌓여가는 눈더미였다

흙먼지와 그을음, 쓰레기를 쓰고

한밤중 온통 얼어가는 얼음덩어리였다

어떤 뜨거운 말들이 치웠는지 나는 모른다

맨땅에 선연한 침묵의 빛을 본다

게 한 마리 가고 있다

방조제에서 바라보면 큰가리섬은 벌써 거칠게 파도에
묻히고 있다
솟구치는 너울 속에 문득 저를 통째로 버리기도 하는
바위벽 너머 짙푸른 솔숲

방조제를 넘어온 바람은
간척지 갈대숲 속에 박혀 있는 몇 척의 폐선을 흔들며
인기척을 묻고
나는 물때가 사라진 옛길을 더듬는다

죽은 조개들이 떠올라 물길을 찾아 밀려온다는 고정
리 찾아가는 길
파도 위를 떠돌던 바다새 한 마리
수직으로 떨어져 먹이를 낚아채는데
왜 이리 눈물겨운가

비웃지 마라
내 여기서 찾고 있는 건

수천 도요새가 머물다 간 갯벌이 아니다
솟대 위에 걸려 있는 눈먼 노랑부리저어새가 아니다
나를 찾고 싶었을 뿐
나를 눕힐 갯고랑을 찾고 싶었을 뿐

더는 어디로 돌아갈 수조차 없는 기억이 끝내 치우지
못한
게 한 마리
작은 바위 하나 짊어진 채 가고 있다
온 숨을 몰아 나를 피해서

行旅

詩 한 편을 쓰기가 이렇게 어렵다
하필이면 너는 백화점 입구에서 쁘렝땅인지
이랜든지 끝물이 된 옷들을 쎄일하고,
네 목에서 울리는 PCS 벨소리가
오래 허공을 떠돌다 돌아와 나를 울린다

어쩌면 쓰다 만 소설처럼 굴러다니던 네 러시아 기행
담을 듣고 싶었는지도 모른다
  경계가 사라진 백야의 세계와
  떠돌이 오퍼상을 유혹하는
  무너진 사회주의 뒷골목의 딸라 이야기를 나는 쓰고
싶었는지 모른다

  그러나 네가 서 있는 기다림의 밑바닥
  더 내려갈 수 없는, 탕진해버린 시간의
  무덤 속을 비추고 있는 광고탑의 위용 앞에서
  詩란 또 무엇일까

끝없는 행려(行旅)가 있을 뿐 돌아갈 곳이 없다
컨테이너 박스 안을 뒹구는 재고가 된 옷보따리와
그 곁의 새우잠처럼

먹다 남긴 소주병처럼
그 속에서
깨어나지 않는 꿈처럼

그 여자

공장마다 굳게 철문이 닫혀 있는 거리는 텅 비어 있다
키 큰 플라타너스 나무들이 일렬종대로 서서 담벽을
가리고 있는
외진 공장
좁은 마당에서 웬 여자가
작업복에 톱밥을 허옇게 쓰고
송판을 자르고 있다

전기톱날이 맹렬하게 돌아가며 내지르는 소리뿐,
그 여자는 혼자다

몸이 자꾸 떨려 돌아서 나오는데
행려병자 하나가 어둑하게 길을 걷고 있다

길 위에서

신축공사장 폐유드럼통을 널름거리던 불꽃도 잦아들고
또 하루를 일당에 팔아버린 길은 갈 곳이 없다

피눈물 나는 쌍소리 속으로 미친 꽃들은 피어나고

차체부 이십년, 공장의 불빛은 지척인데
웬일로 친구들 모습이 떠오르지 않는다

얼굴을 가리고 있는 저 거대한 담벽
그 너머 어두운 소문으로 몰려와 나를 부르는 소리

길 위에 내 몸을 눕힐 수 있는 곳
천막 농성장엔 아내가 있을 게다
나를 기다리고 있을 게다

봄빛

1

그 단칸방에도 몇번쯤 봄눈이 내렸을 것이다

모가지를 뚝 뚝 떨구어내는
낙숫물 소리

그리고 겨우내 수척해진 몸을 부르르 떠는 전봇대 몇
그루

2

모든 것은 지나가지 내 말들도 슬픔도 헛소리였을 뿐
이야
저 고층 아파트를 보라구 E-MART가
당신이나 나를 연중무휴로 쎄일하고 있잖아
예전엔 TV 케이스 만드는 공장이 있던 자리예요
요즘 세상의 전위는 저런 걸 거야

다 바꾸어버리거든

이 망할 놈의 머리 가지곤 안돼요

생각하고 생각하고 생각하고, 똥을 싸다가 멀리 달아
나버리지

차라리 머리는 없고 다리만 다섯 달렸다는 짐승이 나
와요

상처라도 먹고 살 테니까

(그리고 그 다음은? 진실을 말하는 거?

그래, 치욕이라고 말하는 거?)

나는 천천히 아파트 사이를 걸어 놀이터를 지난다

맨발의 웬 여자가 때절은 겨울외투를 걸치고 철쭉꽃
떨기들을 보고 있다

담배를 푸푸거리며 혼잣말을 중얼거리고 있다

여자는 아이들이 떠드는 소리가 들릴까? 자동차 지나
가는 소리도? 제가 하는 말도? 제 모습이 보일까?

시간의 뒷모습이 드리우는 더 깊은 그늘을 지나

우리는 무엇을 보게 될까?

E-MART가 버린 철 지난 옷을 입고, 그 밖에서

3

내 안에서 너는
차진 맨흙을 주무르고 싶다고 말한다
아이를 빚겠다고
물과 바람과 햇빛만 있으면 무엇이든 할 수 있겠다고
살려달라고

자다가 문득 깨어나보면 얼굴에 번져 있는 눈물의 흔
적 같은 것,
지나간 날들은 이미 없다
남은 날들조차 다만 길 위에서 웃으며 팔 수 있을 뿐

소리 한점 없이 전자동세탁기가 돌아간다

날마다 내뱉는, 부시게 표백된 生
안심이다

4

三月인데,
달력 속의 눈 밝은 누렁개 한 마리
밭둑에서 번지고 있는
봄빛을 보고 있다

빗속에서

어쩌다 국영방송 TV 화면 같은 곳에서 평양이나 개성
거리를 볼 때가 있다

월급봉투를 말아쥐고 소주 한잔 없이 13층 아파트 난
간에 매달려 있는 불빛 한점을 올려다볼 때가 있다

그림자가 몸을 덮치다 한꺼번에 어둠속으로 쓰러지며
저를 버티는 시간
허구가 아파트 전체의 무게로 나를 가르치는 때가 있다

지금은 비가 내리고
전방위로 당당하게 빗소리가 울리고
평생을 임대한 아파트가
허공에 떠 흐르다
불시에 지워지고

번개 불빛에 문득 깨어나 나를 훔쳐보는
그 얼굴을 나는 안다

달

한점 노을 없이 비구름 속에 바다에 해가 떨어진다

파도는 그 끝까지 바위절벽을 밀어
번갯날빛에 저를 뒤집고

갯막엔 벌써 불빛이 없다
바다로 가는 길은 끊겼다

이 할목에 와서 나는 단절을 꿈꾸는가
도시에 불빛 속에 뒷골목에 두고 온,
내 몸 속에서 썩어가는
주검 하나

울부짖는 바다에 나를 보낸다
어두움에
비구름 속에 떠오르고 있을
지금은 형체도 없는 달

연평도의 말

저 바다가 감추고 있는 뜨거운 물길 하나를 나는 기
억하고 있다

부두는 비상등 불빛으로 스스로 제 몸을 묶어
집총자세로 며칠째 말이 없고

어린 칠산바다에서 억센 파도를 배우고
황금색으로 단단해지는 비늘의 바다
서산 태안을 지나
바람 잔잔해지는 한저녁쯤에
내 깊은 곳에서 알을 싣던
물고기떼의 길을 나는 기억하고 있다

한번 미쳐버릴 수도 없이
낮술에 취해 끓는 바다엔
새 한 마리 날아오르지 않고

장단이나 해주에서 건너온 사투리들 속에서

나는 그 물길이 수천번 뒤집히는 소리를 듣는다
알 실은 무거운 몸을 부려
천 발 삼천 발 투망의 바다를 질러

막 해가 떨어지는 진남포쯤에서 첫배를 풀고
말갛게 야윈 몸들로
어미가 되어 돌아오던
물고기떼 그 몸빛으로 환해지던 물길

오늘도 안개는 시시때때로 몰려와 북방한계선을 지우
고
남과 북으로 끌려가, 어디에선가 숨어 떨고 있던
눈망울들이 희미하게 불을 밝힌다

월미산에서

유리창이 깨어지고, 낡은 팻말이 떨어져 뒹구는
군대 막사들을 나는 아직도 믿을 수가 없다
그리고 온통 푸른 빛을 내뿜고 있는 유월의 나무숲

월미산에 와서 나는 여전히 네이팜탄의
불길과 미군 함정의 함포사격과 옛 정보국 자리
녹슬어가는 소문들을 생각하고,
송신탑이 박혀 있는 산머리
어두운 방공호 속을 들여다본다

거기 우리가 스스로 키운
금지된 시간들 속을 살아 저희들끼리 보듬고 있는
이름을 알 수 없는 풀들 어떤 역사나 믿음보다
먼저 제 몸을 찾아 기우는 햇살에도
환하게 물들어가는 저 나무숲의, 얼마나 많은 바람과
햇빛과 눈비와 꽃들이 나의 기억을 지울 수 있을까

바라보면 하인천 너머 만석동 소금기도 없이

바래어가는 오래된 공장들의 침묵과
저물기도 전에 벌써 지쳐버린 바다

나는 산을 내려와 기름덩이 폐수와 아우성
네온싸인 불빛들을 토하고 있는 파도를 보며
좌판에서 잔술을 마신다 방파제에 부딪쳐
낮게 스러지는 물소리가
어둑하게 저물어가는 먼 데 섬들 너머
달을 띄울 때까지

물때

동진강 하구역 강물은 오래 흘러온 길을 갯물에 씻고

물때가 온다
물골을 트고
갯벌이 논다
농게 참게 능쟁이는 볼볼볼 춤을 추고
드난살이 말뚝망둥어는 알을 슬고,
먼 개를 지나 숭어새끼들은 너울을 타고 솟구쳐 오고
있을 것이다
뻘 밑 깊은 곳에서는
백합이 숨쉬는 소리
한 숨
한 숨
살이 오르는 소리

달과 지구 사이 수만년의 바다가 흘렀을 것이다
천 갈래 만 갈래 살아 넘치는 바다
바람 자면 저물어 멀리 야위는 바다

밀물과 썰물 사이 수만년 산것들이 물길을 열었을 것
이다

갯벌에
강물에

댕기물떼새 한 마리 기진한 허공을 내려와
뻘 한점을 물고 있다

내가 떠난 뒤

흰 낮달이 끝까지 따라오더니 여주 강물쯤에서 밝은
저녁달이 된다

늙은 비구 하나이 경을 읽다가
돌에 새긴 비문 속으로 돌아간 뒤에도
내가 바라보는 강물은 멈추지 않는다

내 안에서 오래 그치지 않는 그대 울음소리
강물이 열지 못한,
제 속에 잠겨 있는 바위 몇개

나 또한 오늘 밤 읍내에 들어가 싸구려 여관 잠을 잘
수 있을 뿐이다

그러나 나는 안다
내가 떠난 뒤
맑은 어둠살 속에서 사라지는 경계들을
강물이 절집을 품고 나직하게 흐르기도 하는 것을

내 끝내 얻지 못한 강물소리에 귀기울이는 그대 모습을

이 강에서 하루쯤 더 걸으면
폐사지의 부도를 만날 수 있다

절정

매, 미, 들, 이, 매, 미, 들이, 매, 미들이, 매미들이
온통 살아 제 몸을 운다

한낮이 쟁쟁할수록 맹렬하게
지쳐가는 내 몸을 흔들어대고
숲의 여름빛 전체를 들어올린다,
그늘의 허기까지

뜨거운 바람 속을 거세게 두드리는 소나기

저것이 온 살을 부벼 누군가를 부르는 소리라면
못견디게 만나
한몸으로 이레나 열흘쯤을 울고
어두움으로 돌아가는 것이라면
그대로 절정이다

한 삶을 지나 문득 내가 듣는
저 눈부신 허공 위의

또다른 生

그러나 끝내 몸도
주검조차 보여주지 않는다
생명의, 그 밝은 첫자리

흰 빛

밤하늘에 막 생겨나기 시작한 별자리를 볼 때가 있
다, 그래
고통은 그냥 지나가지 않는다
아무도 없는 곳에서 혼잣소리로 미쳐갈 때에도
밥 한 그릇 앞에서 자신을 들여다보는 일이
치욕일 때도
그것은 어느새 네 속에 들어와 살면서
말을 건네지
살아야 한다는 말

그러나 집이 어디 있느냐고 성급하게 묻지 마라
길이 제가 가닿을 길을 모르듯이
풀씨들이 제가 날아갈 바람 속을 모르듯이
아무도 그 집 있는 곳을 가르쳐줄 수 없을 테니까
믿어야 할 것은 바람과
우리가 끝까지 지켜보아야 할 침묵
그리고 그 속에서 타오르고 있는 불

이렇게 우리 헤어져서
너도 나도 없이 흩날리는
눈송이들 속에서

그래, 이제 詩는 그만두기로 하자
그 숱한 비유들이 그치고
흰 빛, 흰 빛만 남을 때까지

北斗

환한 대낮인데
어디선가 나도 모르는 곳에서
흐느끼는 내 울음소리를 듣는다

칼날 위에서조차
차마 나에게조차 할 수 없었던 말들

텅 빈 방 그 낯선 시간들 속에서
소스라쳐 깨어나 홀로 울고 있을
전화벨 소리를 듣는다

어떤 바람이 죽음을 감춘 낡은 집을 덮고
새들
북쪽 우러러 일제히 날아간 뒤
그 위로 떠오르리라
나 지쳐 돌아가 누울 곳
일곱별자리 北斗

제2부

물결

강은 내 몸을 끌어당기고 내밀면서
빗속에서 거칠게 내뱉다가 소리쳐 부르기도 하면서
흐르고 흐르다 살얼음 따위
슬퍼할 겨를도 없이
한꺼번에 얼어붙을 것이다

마을 가까이 귀를 열고 몸을 흔들고 있는 나무 몇 그루

완고한 노인처럼 지나간 시간 속을 걸어내려와
내 몸 위에 눕는 어스름 산그림자

한밤중 어느 때쯤 마을의 빈 집들이 못내 터트리는
기침소리를 듣기도 할 것이다
때로 그런 밤에 스스로 꽝꽝 얼어터져
새하얗게 일어설 얼음의 빛덩어리

내 몸에 새겨질 불꽃

그러나 강물이 풀리고 나는 보게 될 것이다
내 몸이 밀고 가는 추레한 얼음덩어리 몇개,
내가 깨뜨리고 녹여 없애야 할
지나간 소문을

중늙은 사내 하나 어둠에 묻혀가는 강둑에 서서 나를
바라본다
오늘밤도 오래 잠들지 못할 게다

카타콤

이 지하의 성소엔 남녀노소가 없다
이름도 살아온 생애도 없다
어디선가 남의 것이 되었을 뿐

벽화 속
낙원의 여신들은 노래를 부르고
춤을 추고
활짝 열린 펜티엄 윈도우 밑에는
신문지 한 장의 잠

칼부림 곁엔 통성 기도소리
때절어 야위어가는 시간의 손목

　때로 경전을 덮고 내 몸은 거대한 타워 크레인을 꿈
꾼다
　이 도시의 심장에 박혀
　순장(殉葬)의 주검 하나를 들어올리고 싶은 것이다
　대낮의 허공에 적나라하게 부활하는

카타콤
내 마음의 황홀한 불꽃

그때에 이 도시의 길들은 그 질기게 늘어붙은 잠을
일으켜
나를 바라볼 것인가,
나는 삐걱거리는 무릎으로 계단을 오른다

나는 지금 어디를 바라보고 있는 것일까

1

시간이 흘러갔다, 구직신문을 말아쥐고 돌아오는 길은
온통 흙빛이 된 눈더미
뒷골목에 버려져 사지가 달아난,
두개골이 으깨어질 때까지
얼지 않는
풀리지 않는
마네킹의 완강한 미소
나의 실업은 아주 사소한 것이었고
전화는 불통이었다
수직으로 솟은 거대한 탑에 새들이 내려앉아 노래를
불렀다
죽은 사람들이 다시 살아나 며칠 동안 신문을 팔았다
80년대와 90년대가 두서없이 찾아왔고
아, 지긋지긋한 不立文字, 임시
막사의 희극, 찢어진
얼굴

나에게는 현실이 없었다
다시 시간이 흘러간다

                          2

늙은 비구니 스님 하나이 아이에게 이름을 묻는다
늙은 비구니 스님 하나이 아이에게 나이를 묻는다
늙은 비구니 스님 하나이 아이에게 집을 묻는다

전철은 달리고
전철은 달리고

바람이 부는지 한강물이 일렁인다
나는 지금 어디를 바라보고 있는 것일까

그마저 스러진 뒤

내가 남겨놓은 주검 하나를 보았나 불타버린 채로
새벽녘 하얗게 굳어가는

사는 일과 죽음 사이
뜨거운 밥이 있고
시가 있고
한낮 미쳐가는 꽃들의 꼿꼿한 가시가 있고
그 너머로 걸어오는 몇 마디 인간의 말

그마저 스러진 뒤 나를 지키고 있는
숨죽인 풀잎 같은
어쩌면 칼날 같은

저녁놀

불길에 입술이 그슬린 나무들의 수천 마디 잎새들을
본다

피비린내 속으로 꺼져드는 침묵의 빛깔 같은 것

들판을 질러온 길 하나
어스름 내리는 강물에 들어
뜨거운 목을 축인다

누군가의 눈빛 하나가

빈 방을 홀로 걷는다
집 밖 골목길엔
찬비

어둡게
백목련 떨어지는 시간

몇년이 흘러도 어색한 식탁에서
누군가의
눈빛 하나가 걸어나온다

한밤중
오래된 노래를 불러내어
저도 몰래
춤을 춘다

노래가 끝난 뒤에도
삐걱거리는 몸으로

노래도 잊고
춤마저 잊고

홀로 걷는
백목련 스산히 떨어지는 시간

문장수업

영등포 뚝방촌 샛강의 더러운 물빛에
스무살을 씻었다
강 건너엔 플라타너스 나무들이 하루 종일 서서
공장 담벼락 위로 기름때 묻은 잎들을 피워올리고

더는, 어떻게, 엎드려볼 수도 없이, 낮은 것들이 모여
천막조각이나 폐타이어를 머리에 쓰고
한겨울 우두커니 얼어붙은 배추밭을 바라보았다

때로 어떤 시간은 아무것도 떠나보내지 않는다
그곳을 떠나서도 내 안에서
봄이면 어김없이 판자울타리 개굴창에 개나리꽃들 피
어올랐고,
먼 데서 샛강물이 밤새 흘려보내던 뜨내기 같은 소식들

갱생원 패거리가 양재기에 막소주를 돌리고
기름불을 피우던 고무공장 빈터
외진 홰나무 가지 끝으로는

갓난애를 업은 달이 환하게 흘러갔다

아무도 몰랐지만 나 거기서 혼자 책을 읽었고
다 깨어져나간 벽돌조각 같은 철자들을 쌓아올리곤
했다
철거계고장에 몇번이나 허기진 천장이 내려앉았고
그때마다 비틀거리던 말의 좁은 골목들

지금은 날이 흐리고, 나는 신정동에 와서
철골과 유리와 불빛의 도시를 본다
그리고 오래 내 마음이 지은 옛마을이 골목과 집들을
허물면서
한 구절, 한 구절 문장이 되어
제 몸을 떠나가는 것을,
어둘녘 내가 걸었던 샛강의 둑길과
칼산으로 가던 먼지 나는 신작로가
다시 만나
내 몸을 싣고 가는 것을

거북골에서

골짜기엔 바람 속에 바위들이 쩡, 쩡 얼어붙는 소리

눈이 그치고, 이름 모를 나무 앞에서
나는 한마디 말도 할 수가 없다

허공이 기대고 있는,
눈발을 쓴 이파리 몇 장
그 가지 위에 둥지 하나 걸려 있다
어쩌면 지난날 울고 갔을 새 한 마리
오늘은 내 앞에서 날아가다
아스라이 떨어진다

바라보면 억장 푸르게 눈 먼 하늘빛

2

설달 매운 눈바람도 여드레쯤 묵어간다

술노래 한번에 고래땅 울리는 강강한 노인이 지나가
는데
어디서 툭, 물소리가 숨을 튼다

모를 일

저 모과나무
잎새 사이
꽃망울이
겨우내 험했던 바람
머금고 있다는데
아직은 모를 일

천둥 번개 치는
허공에.
연둣빛 새움이 눈뜬다는데
내게는
멀고 먼 소식

저 꽃의 눈부심도
흙살 속
뿌리의 애착도
애초에 없다는데

아직은 바람 불고
길가 좌판
햇나물들
춥게 떨고

아, 내 안에
누가 살고 있는가

노을

어린 모들 막 고개를 내미는 무논에
노을은 내리고

헐은 잇몸 속에서 조금씩 흔들리다
언제부턴가 저도 썩어
뿌리째 달랑거리던
이빨 하나
논물 속에 툭 떨어진다

날로 살쪄가는 흙 속에
나를 바라보는 흰 왜가리
눈빛 속에

여름비

장독 뚜껑에 고여 있는 빗방울

맨드라미 붉은 꽃벼슬에도 빗방울

줄행랑을 놓던 고양이란 놈
뽈뽈뽈 다 늙은 감나무 가지에 기어올라
늘어지게 하품을 하는데
검둥개는 낑낑거리며 나무 밑을 맴돌고

낙숫물 떨어지는 처마 밑엔
길 잃은 두꺼비 한 마리

언젯적 하늘인가
무지개가 활짝 선다

금대리 생각

김환영에게

산길을 걷는데 굴참나무가
굴참나무가 묻더라고

왜 너는 쉽게 못 사느냐고

양지녘 무덤가에 앉아 쉬려는데
맹감나무 열매가 가지를 흔들며 묻더라고

왜 너는 세상과 그렇게 못 살았느냐고

가르쳐달라고
가르쳐달라고 부탁하려는데
눈발이 막 달려와
울더라고

잠이 오지 않아 나는 일어나 찻물을 끓이고
네가 묻혀 사는 금대리 그 강마을을 생각한다
차마 하지 못했다는 네 말 몇 마디가

내 목줄기 어디쯤에서 강바람으로 얼어붙는다

그림을 그리고 싶었다고
나를 용서할 수 없었다고

문득 내 속에서
내가 듣는
뜨거운 물결소리

춤

아플수록 몸은 눈이 밝아진다

열에 들린 몸이
꼼지락거리는 나무의 발가락을 본다
제 속을 날아가는 흰 나비를 본다

넋이야, 넋이야 출렁이는 피

열꽃이 터지는가
온몸이 근지러워라
다리며 허리
가랑이며 자지 끝까지
고름이 쏟아지고
몸 속 가지 가지마다 숨이 열리고
한 숨, 한 숨 돋아나는 물방울들

어디서 사과 익는 냄새
신 살구 냄새

물소리
물소리
달구나 거렁뱅이 바람에도
진한 살 냄새

아 뜨거운 몸이
한 발만 내디디면
그대로 춤이 될 것 같은데
허공에 피어
갖은 빛깔로
흐드러질 것만 같은데

봄비

누군가 내리는 봄비 속에서 나직하게 말한다

공터에 홀로 젖고 있는 은행나무가 말한다

이제 그만 내려놓아라
힘든 네 몸을 내려놓아라

네가 살고 있는 낡은 집과, 희망에 주린
책들, 어두운 골목길과, 늘 밖이었던
불빛들과, 이미 저질러진
이름, 오그린 채로 잠든, 살얼음 끼어 있는

냉동의 시간들, 그 감옥 한 채
기다림이 지은 몸 속의 지도

바람은 불어오고
먼 데서 우레소리 들리고

길이 끌고 온 막다른 골목이 젖는다
진창에서 희미하게 웃고 있는 아잇적 미소가 젖는다
빈 방의 퀭한 눈망울이 젖는다

저 밑바닥에서 내가 젖는다

웬 새가 은행나무 가지에 앉아 아까부터 나를 보고
있다
비 젖은 가지가 흔들린다
새가 날아간다

낙화

바람 속에

저 눈부신 꽃자리에

눈을 감는 허공에

꽃이파리가 떨어진다,

내 몸 어디

캄캄한 가지 속에서

햇잎이 저를 밀어올리는 것인가

백목련 건너 모과나무 한 그루

마주 선 채 아침놀 받고

밤 사이 누가 왔나 보다

온몸이 홍건하다

꽃들

공장 담벼락을 타고 올라
녹슨 철조망에
모가지를 드리우고 망울을 터트리다
담장 넘어 비로소 피어나는 꽃들,
흐르는 바람에
햇살 속에

어둠에마저 빛나는, 내가 아직도 통과하지 못한
어떤 오월의 고통의
맨얼굴

직선

매립지가 남겨놓은 물길 한 줄기
그마저 막혀
바닷가 철책 너머로 밤물결 소리를 밀어올린다
물 건너 공장 전조등 불빛은 타고
나는 희미하게 떠 있는 갈꽃 몇 송이를 바라볼 뿐
물결 소리에 어둡게 밀려갈 뿐
갯둑 포장마차가 터트리는 웃음소리는
칼날 떨어지는 풍자 같은데
자동차 불빛에 쫓기면서도 길은 완강하게 직선이다

저 꽃이 불편하다

모를 일이다 내 눈앞에 환하게 피어나는
저 꽃덩어리
바로 보지 못하고 고개 돌리는 거
불붙듯 피어나
속속잎까지 벌어지는 저것 앞에서 헐떡이다
몸뚱어리가 시체처럼 굳어지는 거
그거
밤새 술 마시며 너를 부르다
네가 오면 쌍소리에 발길질하는 거
비바람에 한꺼번에 떨어져 뒹구는 꽃떨기
그 빛바랜 입술에 침을 내뱉다
아무도 모르는 곳에서 내가 흐느끼는 거

내 끝내 혼자 살려는 이유
네 곁을 떠나지 못하는 이유

함흥집

담뱃집도 술점방도 문을 닫은 어두운 실골목
찬바람 속에 조등이 환하다

밀리고 밀려, 간신히 살아남은 바람받이
저마다 층층이 언 몸뚱이를 올리고 구공탄더미가 탄다

불꽃 속으로 미루어진 철거 날짜가 타닥타닥 튀어오
르고
술애비 상주는 이제 집 나간 아내를 찾지 않는다

조등 주변엔 함흥집 고향 사투리 같은 눈발이 붐비는데
눈길을 따라 발자국 하나 아무도 몰래 골목을 빠져나
간다

눈이 한번 더 마을을 덮고 지나가면 다 잊혀질 일이다

나는 걷고 또 걷는다

TV는 하루 종일 눈물을 쏟고 있는데
50년 만에 40년 만에 서울이며
평양이며 원산 바다가 울음을 터트리고 있는데
그 눈물 속에 나는 없다

임하영(70) 평남 은율군 와룡리 협동농장 제3작업반
최창호(71) 함남 함흥시 서호 수산산업소 근무
리현예(72) 평남 평원군 대정리/개성시 선죽동에서 이주
장선제(65) 강원 회양군 하송관리 내송동에서 72년 간염으로
      사망

나는 걷는다, 고향집, 동구앞느티나무, 미쳐버린38선
피난의눈보라행렬, 젊은아내와젖먹이의바랜흑백사
진—
신문을 구기고 나는 걷고 또 걷는다

약국은 약국의 말을 하고
술집은 술집의 말을 하고

어제와 그제와 한마디 다름없는 말을 하고
제과점은 빠리와 뉴욕의 빵을 팔고
책방은 베스트셀러에 신이 나고
기이하게도 평양의 어느 거리 모퉁이 같고

비가 내린다
바람에 거세어지는 빗속에서
늘 분명했던 말들이 지금은 비틀거리는 말들과
엉망으로 하나가 되어 취해간다

눈이 내린다

눈이 내린다
눈이 내린다

나는 평양에 가겠다
공단거리 지쳐버린 사원임대아파트에 핏빛으로 몰려
오는 눈보라로 가겠다

일용직으로 떨어져
일용직으로 떨어져

바라보는 인원감축합의문 벌겋게 찍힌 노동조합 그
이름으로 가겠다

거리엔 백화점과 술집들이 온통 불빛들을 터트리고

그 불빛 속에 내 눈물 속에 비치는 외줄기 낭떠러지
길로 가겠다

이것이 노여움인지 사랑인지 나는 모른다
쌀이 좋다는 재령평야도
눈이 많다는 국경 마을도
나는 모른다

이 눈물이 아픔인지 비굴함인지 나는 모른다
그러나 바람 속에
저렇게 떨고 있는 눈송이들을 위해
시커멓게 밟혀버릴 눈송이들을 위해

단 한번만이라도
단 한번만이라도

어머니

흰 꽃가루가 작업장에 들어와 뿌연 석면가루 속을 떠돌던
봄날에
기진한 몸으로 어머니 자취방을 찾아오시고

쪽가겟방 노름판이 흔하던 큰형님집 술어미 노릇에
지쳐 몇 해 뜨내기 밥집 골목 누님네도 지나
나를 찾아 희미하게 웃더니

번지도 없는 고향집에 내려가 한칸 바람벽이 되었다
이주일여 농성 천막을 나와
새벽길로 방문을 열었을 때
내 작업복 어깨를 짚고 간신히 버티다
허물어지던, 텅 빈
방

믿었던 것들의 깊은 허공을 빠져나와
알지 못할 길을 쓸며 눈발은 날리고

공장엔 굳게 닫힌 철대문과
서로 사슬을 지은 채 얼고 있는
붉은 스프레이의 글씨들
나는 닫힌 공장문 앞을 서성대는데
눈발이 번지는 환영(幻影) 속으로
사거리 모퉁이를 돌아 어머니 오신다

버스정류장을 지나 담벽에 몸을 기대고
한번 쉬고
길을 묻다
또 한번 쉬고
천막 농성장 근처 전봇대에서
거친 숨을 고르다
애써 혼잣말을 더듬고 있는

봄눈

흰 빛만이 남았네

내 한번도 가지 못해 지명으로만 남아 있는 망월동에
눈이 내려
눈이 내려

다들 떠났다는데
무덤자리엔 깨어진 이름자 하나 없다는데

먼 내 집 뼘짜리 마당
겨울도 봄도 아닌 수상한 바람 속에
새움 내밀고 있는
꽃가지에 엉겨붙는
눈이 되어

웬 더벅머리 청년 하나이
잠바때기에 신발을 끌고
한점 빛으로 꺼질 때까지
나를 부르고

허기

시커먼 폐수 속을 꽃이파리가 흘러간다
그 너머 공장 굴뚝 위로
오늘은 새파란 하늘에
낮달이 떠간다

벙치*

누구나 그 여자를 벙치라고 불렀다

며칠 동안이나 내리는 눈 속에 고샅길도 끊기면
우리 집 정짓간 아궁이 곁에서
뜨거운 숭늉에 대궁밥을 말아 먹었다

전쟁통에 망해버린 백씨네 부엌애기로 팔려왔다고
사람들이 떠나고 나서는 우물물을 먹을 수 없었다고

봄갈이 한나절이 한 그릇 밥이 되었다
전깃불 아래 발동기가 돌아가는 타작마당이
하룻밤 잠이 되었다

반벙어리 소문이 툭, 툭 말문을 열기도 하였다
방앗간집 외팔이 사내가 몰래 건드렸다고 하고
저수지 늙은 물감독 외딴막에서 보았다 하고
배부른 몸으로 문득 사라진 뒤엔
뒷술을 팔던 옹술네 화투판 끗발이 사납다는

외방 노름꾼을 따라갔다 하고

부르지 않아도 먼저 나뭇단 한 짐을 부려놓고
어스름 깔리는 우리 집 마당의 눈치를 보던,
정짓간 어머니가 점례야 하고 이름을 부르면
얼른 알아듣고 푸시시 얼굴을 풀던

나뭇단에 간간하게 내려앉던
흰 눈송이들

   * 벙어리.

문득 세월이 잿더미 속에서

온몸 골골이 바람든 노파가
오늘은 묵은 허리를 펴고
미역국물에 밥 한술
동치미 국물에 밥 한술
간신히 떠 흘려넣는
중늙은 사내의 떨리는 손을 바라본다

돌아보면
옛집 마당가엔 지금인 듯 싸락눈이 붐벼
개오동나무는 하얗게 머리를 풀고,
애비의 대궁밥을 기다리던 소년이
애써 고개를 들어
아잇적 어머니 얼굴을 더듬는다

문득 세월이 잿더미 속에 묻어둔 불씨를 찾아
엄동에 새벽밥을 짓고,
집강아지 한 마리
정짓간 환한 아궁이 불 곁에서
잠이 든다

산길

쪽동백나무 꺼뭇한 살결을 보았네
있는 그대로 저를 다 피우고
바람 속에 시드는
단단풍나무 누런 잎들을 보았네

인적을 비켜 길을 끊고
눈에 덮여 있더니
저도 몰래 숨결을 틔워
언 몸 수배를 풀고 있는 골짜기
살얼음 서려오는 마음에
비치던 그 물빛

산길 끝에 서서
눈물 속으로 밝아오는

물의 자리

물 위로 꽃 한 송이 피어난다

나 오래 물의 자리에 내려앉고 싶었다

더 깊이 가라앉아

꽃의 뿌리에 닿도록

아픈 몸이여, 흘러라

나 있던 본디 자리로

절망과 전망

박수연

그 전면적인 부정은 어디에서 연유하는 것일까? 역사, 시간, 삶의 단절을 이야기하던 시인은 많았지만, 80년대라는 불의 길을 헤쳐온 시인 중에서 "나에게는 현실이 없었다"(「나는 지금 어디를 바라보고 있는 것일까」)고 선언한 시인은 많지 않았다. 오히려 시인들이 이야기한 단절은 그들이 전투적으로 겪은 삶의 역사적 절망을 새 차원의 현실로 거듭 만들어내기 위한 고투였다고 해야 할 것이다. 새 현실은 이전의 현실에서만 가능할 것이었으므로 현실 자체가 부정될 리 없었던 것이다. 그런데 박영근은 전혀 다른 말을 토해내고 있다. 다음 구절을 보는 것으로 족하다.

모든 것은 지나가지 내 말들도 슬픔도 헛소리였을 뿐이야

—「봄빛」 부분

상실의 운명을 사는 일이 근대적 모험을 감행한 사람들에게 필연적인 것이었다고 해도 과거 시간을 송두리째 부정하는 일은 그 상실의 반복이 수반하게 마련인 새 삶의 도래에 대한 기대와는 거리가 먼 것이다. 과거를 부정하는 태도를 전면화함으로써 시인은 일회적인 것으로서의 근대적 시간의 규정성을 강하게 주장하게 된다. 모든 존재는 다시 돌아올 수 없는 순간을 살아간다는 인식이 여기에 있다. 이 인식이 생산과 허무의 두 극점으로 난 길을 만들 수 있다는 사실 또한 기억되어야 할 것이다. 실로 80년대와 90년대는 그 두 개의 길을 선명하게 대비시킨 시대였다. 노동가치론이 사회주의 국가에서 생산의 신화와 함께 노동을 착취하는 근거로 전도된 채 기능하고 그것의 부정적 결과가 모스끄바발 북풍으로 한반도를 몰아쳤을 때 사람들은 문득 80년대의 신화에서 깨어났다. 그러니까, 미래는 결코 약속된 형태로 도래하지 않을 것이었다. 자본주의의 소비 신화와 묘하게(라기보다는 준비 없이) 맞물린 필유곡절의 90년대가 이렇게 시작되었다는 것은 이 시대가 생산(력)주의 신화의 근대적 시간이 뻗어나간 또다른 극점으로서 종말과 허무로 연결되고 있다는 사실을 뜻한다. 김정환의 '절벽', 황지우의 '폐허', 박노해의 '변화'와 백무산의 '단절'에 대한 사유는 실제로는 80년대를 통과한 시인들이 집단적으로 감행한 변신의 개별적 표현이었다.

그런데 박영근은 그 시기에 여전히 노동의 역사를 전투적으로, 혹은 지사적 이미지에 의탁해서 실현하려 한 시인이었다. 그는 '명동성당 천막 농성장을 찾아가서' "떨리는 마음이 머리띠를 묶는다/한바퀴 아우성 속을 돌아/십자가 불빛은 붉게 번지고//오래 피흘려도 좋으리/이 가시면류관"(「내가 나에게 묻는다」, 『지금도 그 별은 눈뜨는가』)이라고 굳세게 노래하고 있었다. 그랬었는데 이제 그는 「봄빛」에 이르러 모든 것의 부질없음을 이야기하고 있는 것이다. 아니, '이야기'가 아니라 독백의 형식을 빌려 절망적으로 토해내는 신음이라고 해야만 할 저 소리는 어디에서 비롯되는 것일까. 『지금도…』(1997)에 미래가 사라지고 난 뒤의 비극의 정황이 아주 없지는 않았으되, 그 정황 속에서는 비현실적이라고 여겨졌을 의연한 목소리로 현실을 돌파하려 했던 힘의 독특함이 지금 절망에 묻히고 있는 것이다.

*

박영근의 다섯번째 시집 『저 꽃이 불편하다』는 근대적 시간의 한 편향을 그 반대 방향으로 구부린 채 고통받고 있는 영혼의 기록이다. 모든 것을 생산의 신화로 역사화하려 했던 사유와 실천이 그것의 역편향으로 발을 내딛고, 이로써 과거적 시간대의 모든 가치가 신속하게 소멸하고 있는 지금 그는 아슬아슬한 이중적 공간을 살고 있는 듯하다. 그의 시선은 여전히 '공장'에 붙들려 있고, 그 곳에서 꽃을 본다.

> 공장 담벼락을 타고 올라
> 녹슨 철조망에
> 모가지를 드리우고 망울을 터트리다
> 담장 넘어 비로소 피어나는 꽃들,
> 흐르는 바람에
> 햇살 속에
>
> 어둠에마저 빛나는, 내가 아직도 통과하지 못한
> 어떤 오월의 고통의
> 맨얼굴
>
> ―「꽃들」 전문

시인은 오랫동안 '아직도 통과하지 못한 오월' 때문에 아파왔던 것이다. 그런데 아픔의 결과인 꽃은 공장 안의 화단에 피어 있지 않고 안과 밖을 나누는 담벼락에 피어 있다. 공장으로 표상되는 바 현실적 질서의 지배/피지배 관계를 투명하게 보여주는 공간과 그 공간의 외부를 가르면서 꽃이 피어 있는 것이다. 경계의 위태로움과 무게가 여기에 있다. 시인은 저 80년 오월의 기억으로 여전히 타올라서 그 고통의 힘으로 꽃을 바라본다. 그러나 꽃은 투쟁의 꽃도 아니고 승리의 꽃도 아니다. "흐르는 바람"과

"햇살"이 꽃의 옆자리에서 환유하는 것은 오히려 잔잔한 시공간이고, 이렇기 때문에 독자는 그의 시를 그가 살아왔던 시대의 안과 밖으로 나누어 살펴보아야 한다. 시인은 여전히 고통스럽지만 그 옆에 아무 일 없다는 듯이 세월 속에서 녹슬고 있는 "철조망"과 같은 현실이 있고 그 현실 밑에, 의식의 표면을 계속 긁어대는 무의식처럼, "오월의 고통"이 "맨얼굴"로 있는 것이다. 이로써「꽃들」은 현실과 기억의 그 이중공간을 겹쳐놓은 복합체가 된다. 시인은 "아직도" 그의 과거의 싸움으로써 선취했던 전망과 현재적 사실의 길항 사이에서 투명한 선택을 하지 못하고 있다. 그는 전망을 놓지 못해서 괴롭고 그 갈등 때문에 절망하며 다시 괴로운 시간을 살아가는 존재이다.

전망의 형식으로 선취된 가장 일반적인 이미지 중의 하나가 '길'이라는 사실을 염두에 두면서 박영근의 시를 읽는 것이 이번 시집의 변화된 내용형식에 좀더 가까이 갈 수 있는 방법이 되겠다. 끝내 목적지에 도달하고야 말리라는 의지의 서정적 등가물이라고 할 수 있는 '길'은 시인들에게는 그들 자신의 삶과 역사를 성찰할 수 있도록 하는 훌륭한 매개적 공간이었던 듯싶다. 가령 고은에게 그것은 떠나야만 살 수 있는 존재의 미적 실현물이며 신경림에게는 자기의 안으로 돌아오는 성찰의 길이었다. 실로, 근대적 역사의식의 구체화에 값했던 길은 황지우에게 이르러 '윤상원로'로 관념적 절정을 이룬 바 있는데, 그 종착지에 도달하기 위한 삶의 방법이 물러설 수 없는 싸움의 형식이라고 신념화되던 시기를 사람들은 살아왔다. 그런데 그 길이 어느날 '끊긴 길'(백무산)로, '벼랑'(김정환)으로, 그리고 '내면을 향한 분열'(황지우)로 바뀌어 버린 것이다. 박영근의 시가 지사적 의지로 투철했던 것은 다른 시인들이 그렇게 단절의 고통을 살 때, 「빙벽」(『지금도…』)에 드러나듯이, 저홀로 절벽과 싸우며 절벽이 되기를 마다지 않았던 자세에서 기인할 것이다. 그에게는 "여전히 대치선 위에서 떨고 있"(「길」, 『지금도…』)는 길, 요컨대 적과 아군이 선명하게 대치하고 있는 길이 있었다. 그런데 그 길은 지금 두려운 길로 변했다.

　장지문 앞 댓돌 위에서 먹고무신 한 켤레가 누군가를 기다리고 있다

　동지도 지났는데 시커먼 그을음뿐
　흙부뚜막엔 불 땐 흔적 한점 없고,
　이제 가마솥에서는 물이 끓지 않는다

　뒷산을 지키던 누렁개도 나뭇짐을 타고 피어나던 나팔꽃도 없다

　산그림자는 자꾸만 내려와 어두운 곳으로 잔설을 치우고
　나는 그 장지문을 열기가 두렵다

거기 먼저 와
나를 보고 울음을 터트릴 것 같은,
저 눈 벌판도 덮지 못한
내가 끌고 온 길들

─「길」 전문

시인은 자신이 걸어온 길의 종착점을 확인하지 못한다.
어떤 패배의 잔혹에 대한 두려움이 있는 것이다. 이 두려
움이 비극으로 확인되고 그로써 시집은 일약 비극의 형상
화로 향한다. 『저 꽃이 불편하다』는 이제 확인할 수 없고 찾
을 수조차 없는 삶의 목적을 길의 현상학으로 펼쳐 보이
는 시집이다. "길 위에서, 길을 잃으며//저를 찾고 있는/
망가진 사내 하나"(「겨울비」)라는 진술로써 대표될 길들은
더이상 거대한 역사의 상징도 아니고 미래적 보장도 아니
다. 반대로 그것은 패배한 실존이 자신을 성찰하는 길이
다. 시인 스스로 자신의 삶에 대한 질문을 던지거나(「나에
게 묻는다」) 나를 찾고 싶다고 말하는 것(「게 한 마리 가고 있
다」), "나에게 집이 있었던가"(「강화에 와서」)라고 묻는 것
은 그 비극을 살아가는 자의 자기인식에 값한다고 할 수
있다. 이 인식이 시인에게 비극적 정황을 만들도록 하기
때문에, 현실적 삶이 표현되는 방식은 어떤 탄식, 울음,
거센 자기(自棄)의 내용형식들이다. 「겨울비」로 표상될
자기상실의 경험에 수반되는 것이 불투명한 자아와 세계

인데 「꽃들」에서 그를 고통스럽게 하는 "오월"이 "어떤"이라는 부정칭의 수식을 받는 이유는 여기에 있다. 선명했던 오월이 아니라 어떤 (알지 못할) 오월이라는 것. 이를테면 지난 연대를 이끌어왔던 가장 확실한 사건조차도 시인에게는 더이상 현실의 확실성을 보장하는 매개물이 아닌 것이다. 시인은 세계의 영문 모를 불확실성을 살고 있다. 이 불확실성이야말로 시인으로 하여금 '나는 모른다'고 고백하도록 하는 이유이다.

'나는 모른다'는 진술은 두 가지 의미를 지닌다. 하나는 '그럼에도 불구하고 무엇인가를 실현하겠다'는 의지의 표현이고 다른 하나는 진실로 불확실한 세계에 대한 두려움의 표현이다. 전자는 「눈이 내린다」와 같은 시의 경우이다. "나는 평양에 가겠다"고 시인은 쓴다. 어떻게 가는가 하면 '사원임대아파트의 눈보라'로 '노동조합의 이름'으로 "내 눈물 속에 비치는 외줄기 낭떠러지 길로", "이 눈물이 아픔인지 비굴함인지 나는 모른다"고 말하면서도 가겠다는 것이다. 독자는 여기에서 선택의 여지가 없는 삶의 결단을 볼 수 있다. 그러나 삶의 결단이 모든 것을 용납하는 것은 아니며, 시인이 '나는 모른다'는 진술을 삶의 부정성 쪽으로 더 많이 열어놓는 이유는 그 때문이다. 「모를 일」은 "꽃망울"이 내포하는 고난의 과거를 "아직은 모를 일"이라고 짐짓 외면하는 태도를 보여주지만 「나는 걷고 또 걷는다」는 '모른다'는 말의 의미를 전면화하는 경우이다.

비가 내린다
바람에 거세어지는 빗속에서
늘 분명했던 말들이 지금은 비틀거리는 말들과
엉망으로 하나가 되어 취해간다
                                ─「나는 걷고 또 걷는다」 부분

　박영근의 시적 상상력이 내면화된 분단체제에 따른 심리 왜곡과 그것의 극복으로 향해 있다는 사실 또한 눈여겨보아야 할 사항이다. 그것은 『지금도…』에 이르러서 본격화되었는데, 이번 시집의 변화를 타면서 「나는 걷고 또 걷는다」가 보여주는 것은 그 상상력의 건강성을 부정하는 현실이다. 현실뿐만이 아니라 분단체제에 대한 문학적 성과도 거의 지지부진해 있는 상태임을 우리는 아프게 인정하지 않을 수 없다. 이것은 혹시 현실반영론의 기계주의적 형태가 역설적으로 우리 문학에 저질러놓은 병폐의 한 양상은 아닌가. 이렇다는 점에서 박영근의 그 관심은 새삼 의의를 더하는데, 이산가족의 상봉을 접하면서도 "그 눈물 속에 나는 없다"(같은 시)고 시인은 고백한다. 예전에 분명하다고 믿어왔던 것들, 가령 통일의 전망 등이 불분명한 현실과 뒤섞이는 시대가 된 것이다. 왜 그렇게 되어버렸는지를 판단할 겨를이 없이 '시인은 취해 있다.' 그런데 이 부정적 상태의 현실이 시인 혼자만의 주관적 판단이 아니라는 것, 오히려 이런 부정적 현실 진술은 그의 시와 삶의 정직성에서 비롯되고 있다는 것을 생각해야 한다. 어떤 정직성인가 하면, 다른 사람들이 이제 시효가 떨어졌다고 유행처럼 거들떠보지 않는, 고쳐져야 할 역사에 대한 정직성이며, '나는 모른다'고 외치는 자기 고발로서의 정직성이다. 그러므로 그에게 두려움이 있다면 그것은 자기 정직성을 상실한 시대의 가차없음에 대한 두려움이라고 해야 한다.

여기에 이르러 독자는 박영근의 시가, 노동의 혁명도 분단의 극복도 결코 잊혀져서는 안되는 역사적 삶의 핵심임을 증언하고 있음을 알게 된다. 그 상실의 시대 속에서 그가 서 있는 길은 대부분 끊긴 길이지만, "길 위에 내 몸을 눕힐 수 있는 곳/천막 농성장엔 아내가 있을 게다/나를 기다리고 있을 게다"(「길 위에서」)라고 말하면서 저 길 끝으로 그를 이어줄 희망의 끈을 힘겹게 잡고 있는 이유가 있었던 것이다.

그토록 허물어진 현실이고, 그래서 "친구들 모습이 떠오르지 않는"(「길 위에서」) 상태라면 시인이 찾을 것은 그 현실에 괴로운 자기 자신일 터이다. 과연 그는 "나"의 문제로 용력정진하여 나아간다. 「강화에 와서」「고개를 숙인다」「나에게 묻는다」「게 한 마리 가고 있다」「내가 떠난 뒤」 등으로 대표될 '자기 찾기'의 시편들은 현실의 비극적 정황을 겪는 시인으로 하여금 혼란과 고통과 자기정직성의 역설을 통해 그 현실을 버티는 방법을 보여주는 경우에 속한다. 그런데 나를 찾아나서는 길 역시 단절의 아픔을 피할 수 없다. 그는 자신을 찾기 위해 길 위에 서지만 "그때마다 길은 다시 끊기고"(「강화에 와서」) 그래서 "나에게 집이 있었던가"(같은 시) 묻는다. "나를 찾고 싶었을 뿐"(「게 한 마리 가고 있다」)이라는 간절함도 쉽게 허용되지 않는 시대인 것이다.

그런데, 이렇게 출구 없는 세상을 건너가는 방식이 의외의 곳에서 나타난다.

　　내 안에서 오래 그치지 않는 그대 울음소리
　　강물이 열지 못한,
　　제 속에 잠겨 있는 바위 몇개

　　나 또한 오늘 밤 읍내에 들어가 싸구려 여관 잠을 잘 수 있을 뿐이다

　　그러나 나는 안다
　　내가 떠난 뒤
　　맑은 어둠살 속에서 사라지는 경계들을
　　강물이 절집을 품고 나직하게 흐르기도 하는 것을

　　내 끝내 얻지 못한 강물소리에 귀기울이는 그대 모습을

　　　　　　　　　　　　　　　―「내가 떠난 뒤」 부분

그러니까 나를 찾는 것은 나를 지움으로써 살 수 있다

는 깨달음의 한 통로였던 것이다. 시인은 '나'라는 주체를 지울 때 비로소 사물들이 스스로의 경계를 열어 분별지의 세계 너머로, 마치 '늙은 비구가 경을 읽다가 비문 속으로 사라지듯이' 나아간다는 사실을 나직이 전한다. 시집 전체에 걸쳐 전면화되는 서정적 자아가 '나'라는 사실에 견주어 보면 이것은 갑작스러운 깨달음과도 같다. '나'라는 주체의 미망을 우리는 얼마나 강요해왔던 것일까. 그러나 시인은 그 깨달음의 경지에서 다시 멀리 있으므로 "내 끝내 얻지 못한 강물소리"로 계속 괴로워야 할 것이다. 돈오점수(頓悟漸修). (덧붙이면, 언젠가 다시 올 깨달음을 통해서만 "그러나 나는 안다"처럼 '나'를 강하게 내세우는 사족 또한 사라질 수 있겠다.)

그런 한편으로 박영근의 시집이 혼란과 좌절의 시간을 살아가는 시인의 내적 고통을 정제된 언어로 드러내고 있다는 사실을 주목할 필요가 있다. 그의 시는 그 역사적 고통과 좌절의 미학적 고투로 이해되어야 한다. 실제로 그가 그의 시력을 통해 집중했던 사항 중 하나가 노동의 역사에 대한 미적 실험이었다. 「김미순전」은 그 기획의 새로운 내용형식을 보여주었으며 그 외에도 그의 시편들은, 그가 『김미순전』(1993)의 후기에서 고백하고 있듯이, 다른 노동시들과는 달리 시적 표현형식의 측면에 관심을 기울여왔다. 그가 『취업공고판 앞에서』(1984)를 시작으로 이번 시집에 이르기까지 매번 표현과 내용의 형식을 변화시켜왔다는 사실은 그의 언어미학이 현실논리에 가볍게 포박

되지 않았음을 뜻한다. 이것이야말로 그가 한국 노동시에서 한 지평을 형성한 이유가 될 것이다. 그리고 실로 새 삶은, 특히 시인에게는, 새 언어의 긴장과 정련에 의해서 가능한 법이다.

이 긴장과 정련을 새로운 내용형식으로 만들어놓은 것이 그의 시의 절망일 것이다. 이 절망을 얻으며 현실 속에서 겪는 그의 상실감은, 앞에서 살펴보았듯이, 근대적 시간의 양 축에서 소멸과 허무로 나아가는 가지 쪽으로 뻗은 미적 태도라고 이해되어야 한다. 그의 이번 시집이 삶의 순간성과 일회성, 부질없음을 전면화하는 것은 바로 그 근대적 시간의 집요함 속에서 모든 것을 역사화해야 한다는 강박에 시달렸던 시인의 이전과는 또다른 편향인 셈이다. 그러나 편향이 일탈과는 다른 것이라는 사실을 기억하기로 하자. 편향은 실천의 오류를 포함하고는 있으되 실천을 방기하는 것은 아니다. 그가 현실적 실천의 방식으로 시를 택했다는 점에서 오히려 이 오류는 더 많은 성찰적 미학의 기획으로 연결될 수 있는 것이기도 하다. 이렇다는 점에서 그는 절망으로써 현실을 넘어서려는, 쉽지 않되 깊은, 전망의 가능성을 표현한다고 할 수 있다. 실로 생산과 소비, 생성과 소멸은 같은 뿌리로부터 나온 것이다. 이번 시집에서는 절망의 농도가 훨씬 짙어지고 강해졌지만, 같은 이유로 해서 그의 절망은 그의 새 삶에 대한 전망과 이어지리라고 나는 생각한다. 절망과 전망은, 그 전망이 진정성을 획득하기 위해서라도 함께 있어

야 하기 때문이다. 꽃이 불편한 것은 그 절망의 상처 때문
이겠지만 무릇 꽃은 그 불편한 상처처럼 제 몸을 찢으면
서 피는 법이다.

  물 위로 꽃 한 송이 피어난다

  나 오래 물의 자리에 내려앉고 싶었다

  더 깊이 가라앉아

  꽃의 뿌리에 닿도록

  아픈 몸이여, 흘러라

  나 있던 본디 자리로
                            —「물의 자리」전문

  시는 절망을 통과하고 난 사람의 맑은 심성을 표현한
다. "물의 자리"로 상징되는바 시인이 희망하는 곳은 물처
럼 투명하고 깊은, 그러나 아픈 몸으로 도달해야 할 자리
이다. 여기에 와서 독자는 그의 이번 시집이 왜 그리 아픔
과 외로움과 절망의 물살 속에서 떠다니는지 이해할 수
있게 된다. 「절정」「봄눈」「문득 세월이 잿더미 속에서」
「산길」등 일련의 재생 의지와 그 결과를 표현하는 시편

들은 그 아픔을 겪은 자만이 획득할 수 있는 정화물이다. 그는 쉽사리 신성의 세계로 나아가지도 못하고 피흘리는 내면적 자아의 어두움으로 가라앉지도 못한다. 그는 신성으로 나아가서 사람들의 현실을 떠나버리기에는 이 세계가 커다란 슬픔으로 들끓고 있으며, 어두움으로 가라앉기에는 여전히 삶의 의미의 핵심을 놓치지 않고 있다고 생각하는 듯하다. 『저 꽃이 불편하다』는 그 세계의 길 위에서 세계의 고통과 함께 자기를 찾아 혁명하려는 자의 비망록이다.

시인의 말

이 시집을 다시 펼치는 것이 두렵고 부끄럽다.

지난 몇년 동안 나는 내 안의 세계가 격심한 혼란 속에서 해체되어가는 것을 지켜보았다.

돌아보건대, 나에게 시 쓰는 일이란 그런 해체의 또다른 과정이었거나, 어떤 치유가 아니었던지.

이 글을 쓰는 지금, 그 어느 때보다도 한 사람의 모습이 선명하게 떠오른다.

잊을 것도, 사라진 것도 없다.

삶에 대하여 지키지 못한 약속도 때로는 남은 시간을 지키는 불빛이 되지 않던가.

창작과비평사와 고형렬 선배의 과분한 애정에 대해서 언제 한번쯤은 제대로 된 시적 예의를 차릴 수 있을 때가 올 것임을 나는 믿는다.

지향도 분명치 않은데, 이제 오래 머물렀던 곳을 떠나야겠다.

기우는 가을빛 속으로 웬 새가 날아간다.

2002년 시월 인천에서

박영근

창비시선 221

저 꽃이 불편하다

초판 1쇄 발행 / 2002년 11월 15일
초판 4쇄 발행 / 2022년 5월 6일

지은이 / 박영근
펴낸이 / 강일우
편집 / 고형렬 강일우 김정혜 문경미
펴낸곳 / (주)창비
등록 / 1986년 8월 5일 제85호
주소 / 10881 경기도 파주시 회동길 184
전화 / 031-955-3333
팩시밀리 / 영업 031-955-3399 편집 031-955-3400
홈페이지 / www.changbi.com
전자우편 / lit@changbi.com